阳光文库

美高山

雪舟 —— 著

黄河出版传媒集团

阳光出版社

图书在版编目（CIP）数据

美高山 / 雪舟著. -- 银川：阳光出版社，2024.

7. -- (阳光文库). -- ISBN 978-7-5525-7435-7

Ⅰ. I227

中国国家版本馆CIP数据核字第2024LW0082号

阳光文库　美高山　　　　　　　　　　　　　　雪舟　著

责任编辑　李少敏
封面设计　晨　皓
责任印制　岳建宁

黄河出版传媒集团
阳　光　出　版　社　出版发行

出 版 人　薛文斌
地　　　址　宁夏银川市北京东路139号出版大厦（750001）
网　　　址　http://www.ygchbs.com
网上书店　http://shop129132959.taobao.com
电子信箱　yangguangchubanshe@163.com
邮购电话　0951-5047283
经　　　销　全国新华书店
印刷装订　三河市嵩川印刷有限公司
印刷委托书号　（宁）0030180

开　　本　710 mm×1000 mm　1/16
印　　张　10.75
字　　数　150千字
版　　次　2024年7月第1版
印　　次　2024年7月第1次印刷
书　　号　ISBN 978-7-5525-7435-7
定　　价　38.00元

目录
CONTENTS

1

西峡山中

一

我们必须从夏天入手，进入林木

广布的山中。云杉翻山越岭

油松攀缘峭壁，华北落叶松集团式

分割了灌木、白桦、红桦、辽东栎

山杨、榆树混编的队伍

与峰峦坡谷结盟，铺展于陇山，郁郁葱葱

冬日的雪，飞升为云朵，耀目的往事

拖曳着浓重的阴影，谷壑分明

众树分享着浑厚敦实的居所

万物的根，有无数驻扎的领域，而

去处是唯一的

困在时令的律动，以想象，以时空

置换岿然不动的山脉。它遥远的

过去，在横亘千里的祁连山，扩散至今

二

时光回溯，暮春时节，万木倒叙，灰黑蜕变

山谷统一了新绿的面容，树木

统一了阳光丈量的尺码。进入一座山谷

陡然跌入相同的千座沟谷，迷惑

大于萌动的镇静。迷路的人，搜寻来路

步履匆匆，依旧回到标记的

椴树下。据说，野李子树漫山遍野

香气在风中涡旋，遇到进山者

会迷醉于某凹陷的漫滩。驾驶着货车的

司机过六道弯，盘山路两侧花树繁盛

神志恍惚，需屏息静气，绕至

五锅梁，早已大汗淋漓。花事已了

新绿初绽，整座山谷才可安然通行

三

雨水生新枝。枝生嫩叶，摇曳

在纸上，像多足动物，却不留下踩踏的

印迹。树荫，影子的练习，时刻不息

在那轰轰烈烈的山谷，想象

倾心的绝壁，滑翔的鹰隼，柔弱的树杪

误读为绿色铺展的平地

矮松之根，嫁接于奇思妙想，岩罅凹陷

区分筋骨。藤蔓植物，安插于

险绝之境。岩蜜高悬，尝试甜蜜，须

穷尽飞檐走壁之功。杜甫在山中

似乎绝佳诗句即在高处，非攀缘而上

不可获。秦地风光，诗有收藏

四

山中有月。你指给我的上弦月

有槐花的味道。现在

花瓣散于时间的角落，月亮圆满

一面铜镜，扶镜梳妆的人，只发光

不说话

幽暗的树杪，佯装不知。鱼，安眠

在波纹虚拟的水罐，游弋于，它

呼吸所及的想象之内

山冈之上，月的内部已掘空，宝藏失踪

撂荒的田地，等待犁铧。尖锐的

语言，像荆棘丛生的黄蔷薇，环绕于栅栏

种子，已在春天选好它的土壤

五

秦人造箭时，模仿了箭竹的呼啸之音

洪荒，曾借过羌人的农具，笛孔留下过扑朔迷离的

故事，太多野史的纷乱枝条，抵押在年年

累积的异乡。六千匹骆驼，载着秦地

农耕的图景，六千只马鹿

六万双毛茸茸的角，跃入胭脂川。明月呀，明月

银器叮叮当当

队伍里有人耳语：多年前

祖辈失传的物证，就在前方

六

松林，固定在湖岸边，波浪是细小的刀子

收割着晨昏的光线，光线织缀的时间

地下的根须本是一座宫殿

日积月累地浸泡，它的血管已然溃烂

灭顶之灾，最剧烈的

常常出于地下，不动声色地攻伐

松针是锈蚀的箭，布满周身的伤

在风吹雨打中，兀自凋敝

松香喂肥了湖水

树冠里的一群白鹭，将携带松魂，回到月中

松林之上，天空归于云游的风，风归于

悬挂的事物

白云是巨大的乌托邦，它游离的

空中农场，谷物垂挂的姿态，不辨风向

朝语言的古井，投石，投箸

抛物者必逃离他的反面

松林如怒涛，我听到过，愤青般的鸣叫

一座建筑工地，人们伐倒了一片松林

鸟群盘旋，集结，队列整齐，失散者

最终回到，它庞大的中间地带

七

夏日的阳光完全淹没了桦树林

点燃了蓝色的寂静。桦树林上空，升起了

蓝色烟岚，与天空流泻下来的蓝

彼此融合

像早已商略成熟的一种

崭新的颜色。看得出，天空的冷

与树林上空的热，是相恋事物钟情的反应

蓝色的火焰，来自树木久远时期，记忆储存的居所

一个上午，它

都笼罩在自燃形成的氤氲之气中

正午，它的燃烧到达了沸点

白桦，将林子围成一个椭圆；燃烧起烈焰的

是中间的黑桦林，层叠累加，犹如

一道道黑暗的悬崖，倾斜，却岿然独存

红桦林，在四个方向，矗立着寨门

桦皮噼啪作响，旌旗般招展，似乎有秘密的

队伍穿梭往来，防守于某个遥远时代

鲜为人知的战事

——聚集为，浑然一体的庞大气流。树林

整体上升，高于

一扇窗里，凝视许久的一双眼睛

桦树林，最终在蓝色火焰中，回到远方山脉

随后，蓝色的鸟群，跟随火焰长长的羽翼

降落于，静静燃烧的山谷

八

"因为万物循复，不可使水脱离视线。"

而来自森林的忠告，最终，会留下

涧水，狂放不羁的心

在山谷舒缓的夹岸，拦水造坝，建成水库

系于大山修长的颈项。碧玉深寒，像月亮

抛出的托盘。支撑

荡然的水面，托柄和手，至今无人知悉

波澜不惊，堤岸和闸阀，驯服了山的

野性

向源头上溯，会抵达《诗经》的故乡

再向上探幽

曲径逼仄，岩石横乱，溪流汩汩

指证，来源于每一棵树密布于地下，庞大的根须

数不清的落叶，有多少

根须知悉

数不清的波浪

有多少，托盘的秘密不可释

为人举鼎者，除了一身力气，还有

一片冰心，埋没于深山里

九

你不是出现于这乱峰间的第一人，其实

山谷早于任何人。旧木新枝

旧峰，新桥——守林人刚刚过了涧水，桥

是一根约三十年树龄的青冈栎

——横在涧谷最窄处，记录着光阴荏苒

在暴风雨之夜跌倒的，突兀杂念

昔日的狩猎人，更换了手中的工具，最后

只剩下两只被艰辛磨砺过的手

他数了数

山中惯常的树木：栎，桦，椴，杨，榆

数了一遍，风在吹

又数了一遍，风再吹，风持续吹

树木聚集起散乱的枝条，树冠

扭打在一起，飞出几只笨拙的野山雉

鸣啭中，似乎在讥笑他——

你数得清，自己的白发吗，苍老需要养神

你踏过的小径，终必为荒草侵占，黄昏

催促你，随流水一起下山

一间空屋子，一处空院子，一个旧人

在等着你——

十

涧水的立场即向低处去

当它立在一个平面

借助风，也不忘匆匆赶路的念头

低处，常与石、谷、壑、崖

更多陡峭的事物为伍

水不拒绝更低的去处

它喜欢坚硬之物，递过来的手

漩涡，是晕头转向的镇静剂

挽留它的，实际上，是深不见底的

藏匿者

深渊，有时，是避难所

岩石并不可靠，重力在加速

光线鲜亮，比拟，穿林打叶的箭矢

深涧边，顺流而下的人，时而

隐身于乱崖，时而又立在

瀑布喧哗的桥头

日影西斜，流水在侧，隐身已久的

阴影，纷纷动身

驱赶着涧谷明亮的前程

十一

月亮，准许它的内部模仿一棵树的姿态

因而，面对月亮的人，总会萌生出许多

崭新的想法

山秃以后，只有石头可挖。在采石场

一只鸟的嗓音，像尘封已久的冤魂

被长臂挖掘机抬出乱石堆

石头，和月亮扯上关系，高高在上的

殿堂，必以石为基

那妄想摘月之人，奔波在山巅，青葱少年

伛偻成树墩，整日望天思谋，他便在自家的后庭

挖了一眼深井，在朗月之夜，邀月溢出井沿

和他对弈，那盘下不完的残局

唯有在漫无边际的夜晚，空间无垠的黑暗

与天地共拥，一轮波光粼粼的润月

他会想起他的祖先，从荆棘中走来，脚下

踩踏着一座高原的尘土，流浪，迁徙

出没于山的褶皱

明月，祖先，山林，在棋局间，独自沉默于过往的悲喜

十二

秋来急，山涧裹挟乱石，涌动

似重生。驳杂岩层，滴答着潮雾的山钟

黝黑的岩隙间，根茎穿石钻岩，支撑着

庞大山体，倾斜的山势

千钧之力，在巧拙之间，施展陡峭之美

树根是长期结盟的友邻，这精通万象的长者

深谙合纵连横之术

洞悉土壤、砂粒、石块、根须交错复杂的关系

乔木灌木、针叶阔叶混交，又各承秉性

风雨孕育，抵御侵蚀，穷尽荣枯的秘密

一座山的胸膛是坚硬的，又是柔软的

向半空送出一截巨石

替庞大山脉

探问远方，寒气犯边的讯息

无名的山峰，无人登攀。像你写下的书，无人翻阅

而素昧平生的鹰，盘旋于山巅

十三

他要找到最窄的出口，他以为

这连绵不绝的山林，只有一个逼仄的，完美的出口

他相信一夫当关，万夫莫开

他手握一支竹笔

要替这座百万顷的绿山林海，留住最后的美

——偏僻，神秘，笨拙，世间难以匹配的纯粹

梦境

多少年了，数不清的落日埋在美高山

空旷的美高山拥有了无数颗炽热的心

多少心灰意冷的人都去了山中

再也不愿回到人间，将自己一生的

漫漫长夜，都托付给流水和梦境

美高山

为了表述的方便，村民们齐聚在

议事堂。朗月、群星也在聆听

领头人说，东边那座山，众人

齐吟：东山。北边那座山，众人

齐吟：北山。西边那座山，众人

齐吟：西山。南边那座山，众人

齐吟：南山。每个人都参与了起名

于是，东西南北四座山，一一应诺

领头人说，起名，最高的山

众人做沉思冥想状，这座山四季的

样子，一一端坐在每个人眼前

有位长者说，高。有位孩子说，美

于是，众人齐吟：美高，美高，美高

之后，最高山的起名，择日举行仪式

边地

为了向世人告知美高山

我动用了雄鹰、明月和传说

最高的峰巅,唯有雄鹰

才能盘旋而上。明月与一个

古老的地名有关:双桥映月

昭示桥两端的人家,昔日的繁荣

人畜兴旺,五谷丰登

而关于一座山的全部想象

在它臂弯的一处山脚下,一位狩猎人

和豆蔻的女儿,会在传说里出没

人影

美高山的树木，野草，河流

飞禽走兽，山体内的未知之物

有些来自《山海经》，有些

出自《水经注》，而更迭的朝代

人们口口相传的爱恨情仇

后来载于《诗经》

我翻遍了这三本书，它们遗漏了

雨雪、雷霆之下，而显形于

大地上，那生生不息的人影

欢唱

美高山下，千峰万壑，都是天空的低处

这一生都没有过顶峰相见的欢唱

你必须把自己变轻

才能飞掠树杪，翅膀

像是你的宿营地

你深谙低谷的艰辛

你不想轻言细语

你知道花儿才匹配遍野的葱茏和苍茫

细线

流域图上，它只是一条细线
有人试图拽住线头，抽取它清亮的筋骨
有人牵着细线，游走在崎岖蜿蜒的河谷
累了，便坐在乱石间，看群山遥相呼应
白云向西，雨水向东
路过美高山的人，不要唱恓惶的山花儿
山花儿里，不要有你的名字

深山里

穿过美高山的茂林，半山腰

有一处歇脚地，一眼泉水汩汩

可供过路人解渴。传说

米岗峰侧，巨石下，有一漏斗

置碗于其下，可淌出晶亮的白米

每人只一份。石匠路过，便用錾子

凿大若拳眼，苦等到天黑

也未等到一粒米，愧于自己的贪心

便纵身跳下悬崖。你贪念一首不可能写出的

诗作，走投无路，一个人来到

这人迹罕至的深山里

花儿谣

我若再次抵达
必在草木知春时

黄河即在山那边，山的那一边

你在河岸，浑浊的漩涡
不是你浑浊的泪
我有一颗清澈的心，向着明月的心
夜夜在你的清辉里

濯清涟而不妖——
谁在远处唱一首歪歪斜斜的春水
不知道忧伤如椽，横在眉间
如筏，漂泊在花儿的河面

麻燕不唱给你听
我唱，我吟诵——

祁连山，陇山，黄河春冰千片穿
陇山，翻过祁连山——

赶落日

落日，敲锣打鼓

锣鼓，敲打在落日的鼓面

需要美高山一般高的棒槌

才能将落日赶下陇山

赶落日下山，下到河里边

煮红西边的云彩，西边的天

我遇见背负柴薪的老者

在两块大石间歇缓

他说，落日散尽所有的盘缠

才肯下山，你不必追赶

树冠

叶落尽，看上去

它依然持有矜持的通行证

并不影响鸟儿栖息，晚霞加身

只是因此会漏掉许多吨阳光

和湿漉漉的月色

它尽享树身的摇曳

却困于这苦累的站立，不能远遁

就像我们携带枝条缠身的语言

却不能萌生，一种飞翔的种子

遍种于这葱茏的山水

黄蝴蝶

在满是落叶松的山冈

一只黄蝴蝶在飞

我环顾四周，又向幽暗的深林里

望了望

我想，另一只蝴蝶

也许是黄色的，也许是白色的

彩蝶我更喜欢

下山的途中

我相信自己会迎面遇见另一只蝴蝶

这样我就不能说整个美高山上

只有一只蝴蝶在飞

那里有一大簇，齐腰高的白色的绣线菊

花朵繁茂，压弯了绿枝

有限

又一架飞机飞过院子的上空

轰鸣声被风送来，东拐西扭，忽远忽近

它画下的直线，令我着迷

被高风，以白云的名义驱散

天空除了蓝色底片、白云舒卷之外

还发生了什么，我们不得而知

曾经出落于海洋的美高山，也不得而知

乌托邦平原

我们的一小部分快乐来自五月

这个寂静的夏天。她尝了芒果

说曾记得是一股熟萝卜的味道

小番茄、紫葡萄在透明的容器里

我对火星的乌托邦平原

知之甚少，又重温地理课本

那位地理老师是否尚在人世

我关于宇宙的困惑，无处请教

飞机在天空的入口，出口

不知所终，白云是巨大的乌托邦

我们在每一个清晨醒来

在夜半醒来，没有月亮，另一个

星球，会不会接纳我们的悲喜

没有人从未知的平原归来

我们只能在快乐的摇篮里，盲目而自信

编织着时间的堤坝

短歌行

孤峰可入云

雪山可入殿堂

明月，亦可入望乡台

陇头流水，咽下的是西域的风沙

流水九曲回肠，穿行的是艰难的身世

风是苍茫边地的主人

将白云散漫的西北天空打扫得多干净

层峦叠嶂归来，采药人

摆在小南川入口地摊上的土灵芝

抱朴守拙，一任药香慢慢回到岩壁

在须弥山

小树心高，攀至山巅
巨石心软，才肯俯首为梯

历经斧斫刀琢，方显佛身
见过世间万千诉苦的人，滋生佛心

流水出了石门峡，西域的风
吹着，再造的天空

下山时，捡到一枚风干的桃核
轻轻摇一摇，让它苏醒

足迹

滴水成冰的晨曦，我照例坐于
两摞书中间，拨开一道书卷峡谷
雾凇，连夜建造了一座玉宇琼楼
在方寸之地，接通天地的一棵树
以根须、以树杪，无限放大我的时空
助我分辨荣枯，与一个人独处的晨昏
庭中，木质牡丹，已逾二十年

秋日，花盘如碗，幽香月余
未曾知悉，它年年新添的纷乱花枝
它燃香了几吨月光
而词语在花木、雪和月光面前
总是打滑，游离于物之外

我曾许诺，词语要像数字一样精确
计算一场雪，一个春日，一树叶脉
万物必走向它沉潜的内部
贮存水分、色彩、年轮、旋律和经验
以备年事已高后，用心灵的放大镜
细察一幅卷轴里，我的足迹
从这里出发，又一次次归来

山雨已至

雨水太旺，树木疯长，葱茏

在加重它的色泽

日日，在雨脚歇缓的间隙

你总会急切地走入这片山林

云布罩山，好似缥缈的歌音

淹没了万物人间

树木像一座座大大小小的水塔

鸟鸣剧烈，精灵们在练嗓子

河水奔腾，山涧乱溪汇集

幽静湿径，疾走的是另一个你吗

日日接受着山雨和雷声的锤炼

你已变得坚硬，冷峻，残守着

内心那炽热的角落

在这四面环山的小镇，梳理着

湿重的翅膀，贴着地面

躲避着阻隔之物，透明的探询

响龙河

我已沉寂数年，我已包裹住自己

当我再次站在你面前

隔着一坡又一坡，白花繁盛的珍珠梅

隔着临近波浪的万千碎石

远远看见你，向我涌来

你的清流，狭窄处的激越

岩石荡起的白色浪花

自幽邃的峡谷，携带源头的决绝之心

在我脚下訇然作响

向我发出问候，这久违的奔腾

袭人以泪崩——我幽闭多年的心

豁出去般兀自打开，向着你

向着这夏日葱茏的峡谷

嶙峋的错峰，斑驳的古崖

慢慢抬起我的双臂

拥抱你，初相遇的战栗、晕眩

在正午的山弯道边，一颗心一再跌落

似已与乱石涧，洄游的你

融为一体，徜徉成一段流水

一弯浅滩，呼应着碎浪的推移

陡峭

一次是在秋天的龙头岭上
野灌木丛密密匝匝，遮蔽我前移的视线
拨开树枝，眼前豁然开朗，我竟然
踩在了孤峰的顶端，左侧，右侧，前方
已是万丈悬崖
恐高的我，跌坐，晕眩，孤立无援

另一次，是在一首诗，陡峭的结尾
而我竟然期待，那样的时刻再次来临

风雪里

在自己日常生活的一举一动中

找寻分散在各处、各物间的自我

淘米水，以浑浊的养分浇花

用手指拈住一粒米，投它

到众米的簇拥间。常常会想起

母亲在厨房的身影

菜根、葱皮、黄叶、筋骨和油脂

会弃于垃圾袋

而我并没有将自己从它们中间剥离出来

一闪而过的念头，某个时刻

眼神的锋芒，刀刃下的咔嚓声

完成午间或傍晚的餐饭

惯常的围坐，佐餐的话语，淡绿的茶水

在一天的光线里消弭

如影随形，随物赋形的语言和画面

多少堪忧的离别

回家的亲人，追赶着苍茫的雪

苹果树

苹果树已移掉十五年
应该碗口粗了，碎花粉白，叶子稀疏
树枝弯曲，孕育秋日的果实

那年拾掇庭园后，你再没有见过它
女儿曾在苹果树下
跳皮筋。一端系在苹果树上

另一端，是我的双腿吗
看她汗涔涔、发亮的额际
马尾辫一蹦一跳

团聚

一座小城停电，你不肯一睁眼

就看见世界漆黑一片

只有一根蜡烛，影子下的三张脸

你不愿意，不情愿，足蹬手挠

要赶赴另一座边陲小城

这翻山越岭、跋山涉水的旅程啊

泾水一路相伴，崆峒峡谷幽深

两双攥紧的手，呵护着

过了山天门，绕入盘旋路

一张失血的产床上，你睁开了惺忪的眼

赶在华灯初上、灯火阑珊的年关

和我们团聚

那么急切！再过几天，便是新的一年

夜里下了雪，忐忑不安的心

终于在大雪中慢慢舒缓

几天后，来接我们的人，匆忙抱错了

一个男孩

妈妈认出了你，她熟悉

你的眼睛

从此后，你不曾离开我们的视线

今夜，你只能下班后自己煮一碗面

窗外，是万家灯火

遥远的距离，祝愿你快乐平安

给女儿的信

午饭后，你妈妈和妹妹

在两杯茶水面前，讨论窗外

杏树枝上的鸟，是喜鹊

还是鸽子

全身是灰色的，黑白分明

像跳国标舞的男士

着燕尾服，飘逸的下摆

白色衬衣，露出袖子

（领结是什么颜色，随意搭）

又像企鹅，黑色外套，白色

卫衣，摇摇摆摆

在我们的大脑里走动

洗碗池里的水声在响应

削弱了她们的谈话声

它那么灰，腋窝有一点点

白色，当它飞的时候

它飞走了

留下颤动的花枝，白色的杏花

也参与了对鸟的分辨

而比喻真的只是二者之间的桥梁

不是它本身的喻体

你妈妈和妹妹，对颜色都足够

敏感。而你在电话的另一端

也参与了分辨，只是

灰鸽子，喜鹊，都来过院子

以常客的身份，降临我们的春天

平行

似乎那么多年，我们等待的
都是自己醒来的那一天
真的，不是重新苏醒，而是
第一次，第一次醒来
第一次看见眼前这个世界
它陌生吗？不。它熟悉吗
不，它是我们的世界。我
和你，来自两个不同的星球
我们曾在各自的宇宙生长
等到我们年龄相当，脸上的
模样，是对方所期待的样子
第一次相遇，就一眼能认出
对方。就像第一次认识雪花
雨滴、云，花朵、绿树
这是我们第一次见面时
才肯出场的。从此，环顾四周
你带着身后的溪流，我
携手一条平行于你的小路

在群星之间

在群星之间的黑暗里

究竟是什么，我说不清楚

我有过想象，已经离开的亲人

在俯视我们正在经历的生活

你眉梢眼角的笑，和突然的哭泣

关于生和死，那早已写下来的谶语

山梁间奔跑的少年，幼童的咿呀、蹒跚

是一切过往、消逝，和噼啪迸溅的雨水

我说不清楚，只是长久地仰望

那幽邃的黑暗，有人们无法定义的

令人沦陷的蓝，有一丝忧郁的苍穹

和另一片绝望的海，张开温柔的深渊

像一阵阵夜风，将我带出很远

升起了决心已定的船帆

再写文成公主

到了日月山，便说长安话

家乡的口音，你一直记得

眼前的油菜花，从脚下铺向

天边的湖水，遍野的青草和野花

是你从长安带来的春天

它们一路追随，寸步不离

走到这里，已是盛大的夏天

不是吗，你来之前

青藏高原那么荒凉，广大的西部

那么空旷。你留下来后

祖国才获得了安康

隔着多年时光，再次来看你

我依旧心跳不已。噢，顺便告诉你

那年我带在身边的小学生

留在了长安，已长成了大姑娘

煤

目送哥哥走出巷子，背影微驼
骄阳似火。返身时，一小块碎玻璃的反光
刺目而惊悚，眼前出现瞬间的黑暗
十八岁那年的一个寒夜，在脑际掠过

每每忆起，我的后背冰凉
即使是在炎炎夏日，也像一块寒冰
哥哥驾驶一辆货车，前往二百里外的砚峡
拉混煤。其中夹杂着拳头大小的炭块

我们要在煤矿等上一夜，已是初冬
零星的雪粒，猎猎的风
师傅们在空旷处，燃起了火堆
驱赶着严寒，到了后半夜

困得实在站不住了，我便蜷缩在
驾驶室里，迷迷糊糊睡着了
醒来时，唯一的黄棉大衣捂在身上
衣衫单薄的哥哥，在火堆前守了一夜

我们装了一小货车混着炭块的煤
返程时，我又睡了一路，年少无知
也没有多想，哥哥是怎样熬过
漫长的冬夜，还能把车开回家

恩情

月亮今晚是圆的

父亲已经年迈

我还是希望父亲和我一起

在月光下走一走

影子会一路紧跟，寸步不离

只是在拐弯时

影子会重叠在一起

像小时候父亲背着我

而在拐弯处一片阴影的笼罩下

我在心里悄悄背起了年迈的父亲

当前方出现开阔地

父亲已走在前面

月色像薄雾弥漫

我快走了几步

接上父亲的话茬

说起了母亲的睡眠

说起了早年患病的妹妹

黑白照片

从一张五岁小男孩的黑白照片上

我看到了 1973 年的自己

（我没有那个年月的照片）

在我意识里，想看到的第一个人

便是母亲

那该是二十多岁的母亲

在生产队里劳作

几无奶水，但养活了我

母亲在夏天会穿一件灰色的布褂

汗渍，烟火味，童年的味道

如果有人给我们娘俩照相

母亲一定会笑得很羞涩

一只手搂着我，另一只手不知

放在哪里才好

而在我的记忆里，母亲

一直就是现在老去的模样

吹拂

如果你已忘记一条河

我现说给你听

这像是久居高原的人

对大海的怀想

它们都会有波光粼粼的早晨

和金光潋滟的黄昏

似乎是一首乐曲的迂回

波高与低音相互拱手

又在错峰时疾急地寻找对方

我看到它切割的谷壑，向

纵深处掘进

我站在洪水咆哮的塌岸

感觉大地挪移的颤抖

我返身离开，来到一座废弃的

农舍前

荆棘丛生，衰蒿齐腰

古老的野蜂，蝴蝶，飞虫

像某种闪烁的灵魂

自由出没于倾颓的残墙，木格窗

它们的来处，无所禁忌

而去处，又无惶恐

我告诉你河岸上发生的变迁

亘古的风吹拂着

我不知道自己内心如此渴望

新鲜的浪花

濯清你眼眸里久久不肯退去的霞光

林中漫步

树林是真实的，得益于它固定了

自己站立的地方。怀疑者

找不到空洞的言辞，枝柯交错

增添了许多新生的去向

作为春天的命题，从一树一叶入手

扶摇直上的梢头，似与天空

不名的讯号，获取了某种联系

树林深谙气韵生动，是类似

雾霭的美学，流离疏淡

距离的间隙有隐约的避让

柳树柔和，杨树耿直，老杏树的花朵

吞吞吐吐。树木又是费解的

鸟鸣的剧场，它们鲜有座位

声乐自树叶间渗漏

那些呆坐在年轮里的耳朵

一直试图调准的罗盘

掂量遗失的脚印。并肩行走的两个人

唯恐小径尽头桥墩隐入大雾

当风重新找回弯曲的斜坡

他遇见了早年的邮差

这和林子有着莫名的昭示

飞鸽自行车的铃声是单调的

在陡坡的突降面前，鸟鸣是俯冲的

激石，风若湍流

一棵树张开怀抱，跌落于梦

小镇上，日子归于宁静

鸟鸣在枝头，自行车在山道上奔跑

少年的梦想，是一座木器厂

建在无边的树林里

邻居

与养公鸡的人为邻，夜半打鸣
乱了时辰。一只公鸡，轻而易举
取走了我们的梦，包括
没有来得及用完的安宁
与养猫的人为邻，他几乎没有
脚步声，从猫那里获取轻巧功力
与养狗的人为邻，他有同样
灵敏的直觉，保持对陌生人的
警惕，即使阴影出现
也会立即站定，观察，细听
朗月，刚刚滑入云朵的帆船
夜晚的屋顶，街道，树木，小狗
重重地跌入暗淡的光影
与夜空、星月为邻的人，知道
恒大之物，有一双凝视渺小的眼睛

志稿

他需要一份出行攻略，随行物品备齐：

三卷手誊的《民国化平县志》书稿

通行证，介绍信，纸币和银元

他的年龄、长相、方言和吹口哨的喜好

并未记载于志书里，向妻儿辞行

辗转登上了旧火车，待抵达时，南京沦陷

战火纷飞，那家寄存志稿的旅店已为废墟

亡命天涯，下落不明

他是民国化平县府第一科科长

重修的县志却留下了他的名字：胡之谦

故事

船慢慢靠近了历史，你跳到岸边
一个朝代，依然陷落于茫茫大水
许多可疑的缘由，因久远而难以稽考
跋山涉水取回来的，只是一沓沓书卷
柄有擦痕的伞，洗白的长衫
那封古旧的纸笺，折叠如剑
雨滴曾与风，共同打开过，读过的人
沿途失散。时间的秤上
多少分量已抬不起，发芽的故事
从来不是最痛苦的部分
农作物凋敝于田地，石板路，仁慈而
落寞，习惯是填不满的无底洞
赞美的缆绳，必牢系于理想的磐石
反复描绘你屈身，出现在船舱
雨雾收拢的那一刻
像梦幻的初露部分，曙光有了预兆
《新青年》封面的竹子，摇曳生姿
史书上说，大水落
另一片海会接纳，唯东方看得最远

书里书外

一个久坐的人。当他再次起身，续茶水
望向窗外。察觉，世事大变
春渐深。桥头，那人
已在小径的树隙，似隐去了时间的脸
出现在水边的人，携带着不一样的
心思。事物的身影
瞬息变幻。送过鸟群的天空
又重新散布下云阵

他会在一本书面前，重新衔接上一回
搁置的念头
坐下的，已是另一个人，揣着窗外的
某段流水。海棠，又落下
一枚纤长的叶片。枯萎的事物
与时间，交换了
那零落时咔嚓的喊声。而在远方
他知道

大海要来，沙滩，提前准备了
漫长的海岸线

夜读

有人击悲筑，有人唱高音
这是一个送别的时刻

高渐离，宋意，荆轲，燕太子丹
陶潜在耕读之余

将他们邀至一首诗里，意气相投
慷慨悲歌，商音，羽奏的波浪

解冻的春水边，史书，长缨
壮士，一去不反顾的时间

向我们陈述，一个人活着
有多么复杂，就有多么简单

无知的早晨

试图写下来，如此困难的早晨

当燕子与竹林交换了它们对世界的看法

当他读到"生命是一场漫长的体验"

他似乎赞同，又若有所思

向更远处眺望，云朵已掏出春天的姿态

黎明时慢慢掀开黑幕，启明星

说出第一声问候，尽量给曙光腾出

亮堂堂的空域

身居高原，他绝少提及海洋、岛屿

却难以从生活中的暗礁、渔网、苦咸味中脱身

回到居室，为家人准备一顿

丰盛的午餐，在巴赫

和肖邦之间，在有为与无为之间

在细察水龙头流水，暖气管漏水

地下不知的渗透之间

他想到乡下的泥泞，支离破碎的河岸

唯美的田园，空巢的庭院

他这样奔走在想象、睡眠、记忆之间

并不预兆旅途的终端

自身是一件收纳容器，许多未知

尚在昼夜不息地擦拭地球的表面

与水火保持谨慎的联系

与一个人的源头，握手，不再松开

春天的净值

春夜包围了一座亮灯的房子

一位妈妈，正在和远方的女儿

通电话，说你已经不小了

该有个男朋友，在你生病时

照顾你，上学总得有个尽头

她们的声音，忽大忽小

而在另一间屋子，她的小女儿

在备考，灯光下她的脸色

苍白，样子慵懒

似乎大部分时光都在读书

过去，她们搬过三次家

她们出现在四个季节。孩子

享用的，都是求学，她们

似乎为读书而生

花园里树枝繁茂

一家人的幸福，没有定义

却有着简单的不愉快，有时

有抱怨、争吵，为了

不眠的月亮，旅行，崭新的人生

星星离屋顶那么近

她们之间的话题，随风亲近，疏离

小红菊

小红菊有名无姓

云朵无逻辑，雨晴无秩序

才称之为天空的一员

太阳有道，月亮有轨迹

雨雪循化于一种古老的便笺

风若使者，居无定所

天体的殿堂无桌椅，无茶壶，无台阶

帷帐如幕，热闹是人间事

星辰有亲戚，不互相走动

高悬的孤单，靠采集秋天遗落的果实

炼制音符所需的原料

天空阔到无路，又窄若睡眠

不冷静的人，是发光的星星

萌芽

"然后进屋，说家里没吃的
她累了不想做饭。"
读到这首诗的结尾，她从窗口
闪过，你坐在书桌前
不想动。你没有起身，刚铲完雪
"你累了，我来做饭。"
她在厨房和面，荞麦面和小麦面
掺和，菠菜，西红柿丁
鸽灰色的暮光，雪的前兆
椿树又壮了一圈，树冠侵占了
杏树、李子树的采光
三月份打算斫伐枝干，再说
已高不可攀，香椿芽难以采摘
剪枝的念头，一年又一年
任由它长成一棵大树
像我们总由着孩子们任性长大
在别的城市工作生活
相互牵挂，独自面对寂寞
纤细的，意想不到的枝丫
在春风里萌生

愉悦

她在清扫夜雨过后的落花

哼唱着，一首无名的曲调

似乎扫花，是一件快乐的事

快乐的事，她会这样

一直扫下去——

春扫落花，秋扫树叶，冬扫白雪

直至满头飞雪，她，都在

我的视线里

——神情，动作，唱着莫名的曲调

只是动作，会越来越慢

慢过了岁月

早已衡定给我们的时间

爱过之后

我们仅限于有能力，说出开头

简单而艰难的话

而其后的漫长相守，琐碎的，硌脚的

远征

已变成眼前夏日午后的小水洼

昏暗于光芒，无荫蔽

牧人手中，一支飞舞的套马杆

还是抛掷向半空，戳痛的

标枪，这半生，苦苦地练习

悬空，一次一次捡起

与风争夺，我们未知的去向

邮戳

你想想，现在还有多少人写信

似乎连邮递员都忘了

邮戳盖在哪里

邮票也少有人收藏

你小心翼翼刮下来的邮票

夹在那本书里

那是一个人给你写的信

牛皮纸信封，有红线的纸

海鸥般蓝黑墨水字迹有些淡了

你在贴邮票的位置旁边

又贴了一张你心仪的邮票

日期、月份、年之间

有明显的黑点

岁月多么粗糙呀，不问白发

只问春半，芍药可发芽

河谷

雨季将至，卵石会缩小
就像一个人，会屈服于苍老
满河滩，都是七零八落的心
经过流水的千刀万剐
圆滑，不再痛苦不堪
那些执拗的棱角成了沙粒
沉于水底
时间在宽阔处慢慢淤积

整整一个上午，我在
太阳暴晒的卵石间
行走，捡起过几枚
又将它们一一放回了原位
年事已高，有些念头
渐渐顺应了流水的意图

细雨

直到燕子在细雨中认出对方

曙光的氤氲气息，令我们走出

各自曲折离奇的梦

我说梦到了一碗土豆片西红柿丁汤面

你说有只小老虎追你

这是虎年，吉祥物追随你左右

月亮已是寻常物，尽管它噙着过去的

月色，和濡湿的身影

当我写下雨水，小老虎，月亮

湿枝条，散落在各处的脚印

心跳的鼓点，重新在山坳拐弯处响起

潺湲的山泉，汇聚万千晶亮的眼睛

一块小石头便做了高山

暮晚

树枝是徐徐升起的

一根，两根，三根

带动整个树冠，之后是林子

暮色甚至顺手提走了亭子

翘起的四角尖

站立不稳的虚空

此刻，轻与重都在承受

天地四合的限度

几乎没有松动

一道光束斜射过来

拧紧一根细枝条

缠绕的黑暗

两地书

你发来西红柿和辣椒开花的照片

我还隐约看见了晨光里蹦跳的水珠

那时，我正在宝湖看睡莲

黄色的，粉色的，白色的

——风荷举，一叶动，万叶翩然

老年合唱团唱着牧羊人的歌

交谊舞的曲子是《友谊地久天长》

我想象爱情在友谊的荷塘

即使不长莲子，也好看

在老家的庭院，我们先后栽过

苹果树、樱桃树和榆叶梅

香椿树亭亭如盖，杏树、李子树

今年挂果，竹子已成林

穿梭在我们身体里的夏天

由昼夜和想念构成，怎么说人非草木呢

草木陪伴的山居时光，也在悄悄变老

蝴蝶

蝴蝶在飞，蝶影重叠，宛若墨迹
刚刚透过纸背。迅速聚集的力
来自不经意的一瞥，回眸已是万千绿衣

蝴蝶在飞，涡旋的湍流得以静息
那震颤的波纹，在晨光里搁置过
你心际的不安

蝴蝶在飞，树枝不知它惊鸿一面
携带忧伤，梦里的亮色是一泓湖光
背影，已在语言出现前渐行渐远

蝴蝶在飞，精妙无比的羽衣舞
不用排练。歇息时，擦拭额际粉嫩的汗水
它不会想到，标本里拥有如生的记忆

转化论

我们在一束菠菜中浇筑筋骨

当它在沸水里变得柔软

渐渐冷静于白瓷盘

接受味觉的酸辣和盐

希冀从它的青碧茎叶汲取钙质

传递于我们的骨骼

帮助我们保持直立的韧劲

免于病痛的困扰

道一声谢,在菠菜带着泥土的红根

与我们相遇的一刻还来得及

是真的吗?意识早于我们存在于

万物身上

存在于我们的肉身

动物,植物的生命,都需要互致谢意

缘于亘古以来的转化

有着隐形的通道,在塑造我们的形体

无论狭隘如关口

还是畅通若大道

菠菜超越的界面,有我们追逐的影子

在阳光下得以庇佑

试验论：寄单永珍

我们拒绝的结果，无非是

挺立原地

推移、搬运、侧蚀、悬置

这些水动力的驱使，泥沙俱下的

光阴。一块岩石的定力，有多少分量

对抗的答案

是你本身的力道，足以削减

每一次洪峰

而蚀心的庸常，是你要在日日倾斜的

走向中，顺应一种引力

棱角、肌理、剖面，内部的裂罅

甚至你糟糕的皮肤

都已面目全非

陆地、海洋、天空、物种，这些

宇宙的伟岸之物

令我们信服，甚至一根草，也强过

我们自身的羸弱

头顶的星辰，亘古荒凉

亦将持久荒凉

森林和草原，这大地的女人

若虚空的怀抱

偏居一隅，此生的爱

与惶恐，都是一场失败的试验

留下混沌的器皿

易碎，易爆，薄脆，因难以修复而弃之于世

怀疑论

盛夏真实又飞扬

应该怀疑我自身的识见，晨光熹微中

反省，才会让一日起航

黄百合又落地，未开的它有能力

开出白色吗

阳光将窗玻璃擦拭得明亮如镜

庄子有齐物论

我有怀疑论。我用一棵棵树敲击

大地的门

星宿在怀疑的眼睛里悄隐

高大的香椿树有多少阴影，它们

流淌着绿色的河，黑色的汁液

冲毁了蚂蚁的堤坝

储水陶罐的裂纹，不是魏晋的

干旱，在光年里没有记载

夏天也有落叶

我怀疑撞击声，来自一座怀疑的山峰

许多岩石的云纹，水纹

在我们看不见的内部，撕扯对方

我是旁观者

我是存在的，当我走出书页

怀疑，像一道幸运的山谷

长满树木，我将全部的答案献给年轮

在原州：寄杨梓

古城墙，复吟从清水河升起的太阳

我们说到你彭堡的老家，几年后的

闲暇生活，你沉默于

繁重的编务，暂时搁置创作

你的诗心还河水般畅亮，灰发中添续

白雪的荣光

想起你伏案在一篇跋中的文字

少小离家，精神返乡，身体抵制

想起你看重的人品、情义

念念不忘，我们因诗结缘的友谊

在喧闹的诗会间，你不辞而别

后来，你回信

去看望乡下你年迈的姐姐

旅途中，怀凌说起有一年，他陪你

去看姐姐，见面的那一刻

你满眼泪水

看着你这样一个写诗的兄弟，院墙外是一片

金黄的向日葵地

写下这些时，我想起怀凌在

顿家川的老院子，他浇花的

神情，似已卸下羁轭

而挥锄松土的姿势，俨然是个老把式

不会挖伤芍药的块茎，却会为

伤到一只蚯蚓，痛惜不已

我愿意相信，《西夏史诗》就是你的家

那里有你追索和捍卫的领地

夯歌：寄王怀凌

我总想起一群人那高蹈的

一跳

暮光的暗红粗布匹，被那一声喊

撕裂开来

崛起于庄稼的一道土梁峁，蜿蜒向

高原纵深处

我们不会丢弃战车，巨大的轮辐，锈蚀的铁铆

怀揣盔甲的清水河，在余晖下

发光

历史是炽热的

几千年了，时光一再剖开固定已久的

答疑

晚霞，未按意愿升起

几朵灰暗的云，是西部的

衬着旷野

青草那么短促，似在

扑打着急行军蹄音下的战事

风，重新点燃了昼夜交替的大原

一群人，四散之后

古老的夯歌，轮番起舞

那些伟大的相遇，就此别过

口弦：寄马占祥

我们见面时，你刚从墓园回来

像一块黑色的石头

悲伤、疲惫、肃穆

唯有同行者才深谙：因低卧而高耸的

灵魂

在清水河畔，在口弦声里

在年年长熟的玉米田，在浩瀚星空下

河流自然，依地势弯曲

在众草、庄稼和村庄的四季里

一个人，不会比一滴水、一粒沙、一抔土

经历得更多

我们都信奉：尘埃的荣耀、尊严，高于

尘世的奖赏

傍晚，见到女儿，你才笑得

那么开心

像黑石头上盛开了白牡丹

这花儿的名字，配得上一个诗人的纯粹

幽静

林子幽暗，只有迸溅造访的

声音。水流的形态像黑沥青

正在铺设夜晚的河床

似乎有重型之物要通行

两岸树林遮蔽，秘密

顺流而下。如果水声变小

小径便丢失了向导。树木浑然

站了一整天，可以互相

靠一靠。荆棘收敛了尖锐

鸟儿听着水声，我听着你的脚步声

小镇

天色将白昼的光调暗了些许

夏天的太阳在薄云里

你像小镇上游手好闲的少年

在石头上寻找流云，在紫色的花间

聆听工蜂嗡鸣

起降时拨响草叶，它们之间

无限的可能，偶然性是始料未及的

如果蜜蜂成群结队，蝴蝶会不会尖叫

整个夏天，你偶尔出入农贸集市

花花绿绿的衣服，多彩的

女人，咿咿呀呀的孩童，盛在水盘的

蔬菜苗，妻子记得它们的名字

你对年老的补鞋匠、配钥匙的人最感兴趣

品尝露天摊上的食物，穿行于人来人往

烟火人间令人仰慕。树荫下

那一盘棋，争抢输赢的人

等到太阳落山，才肯回家。你

走过老街，想不起路过店铺的名字

许多人不在了，你还幸运地

出没于小镇。在雨水里，扶正一棵小树

晚年

邻舍换了新主人，两位老人

黎明即起，夜深了，还亮着灯

白天，院子里静悄悄的

花叶上的霜，像一只白猫，轻舔着

老妇人不小心

撒落的盐、白糖，夜里无眠的月光

踏莎行

坐下来，这个午后，在黄昏

到来之前，漫长而游离

古诗里萋萋的青草，覆盖了地下的

土屋、石头、遗骨

夷为平地的空地，幼树没有记性

而核桃树虬曲，枯枝因记忆受累

三棵老杏树，在不同的方位

证实过房屋的朝向

"这是场院，碌碡陷入了光阴

这是水井，石碾，桑树

砍掉了童年……"四十年前，她

在这里，竹篮里盛着青梨

亭柱上的油漆剥落，光斑输送阴影

坐下来，说话的人，刚刚

走过。她的思绪一会儿后退，一会儿

又向四周迈出了一步

固执的树梢，激动的草尖，忧郁的

蒲公英

多少动听的鸟鸣，弹跳在每一片

树叶的耳际。生活里似乎

有早已埋伏的线索，知悉今昔

不远处，当环形废墟出现

据说，星辰曾在接近你时，出现裂变

当年的人，还失陷在当年，凝视的

眼神里

不要试图接近——

拦阻过坍塌，折断过声音，抱紧过

苦难的人

令人眩晕的鸢尾花，颤动的湖水

已在翻阅，夕光下迷离的色泽，凉意

没有人会陪你，坐到夕阳西下

树木，坡地，草坪，都在细心处理

迎风而来的事务

你坐下来，无解的纹理，催促着

一棵缄口不言的树。而急促的鸟啼

来自树隙间，一道夕光的邀请

起身，重新走入小径

渐暗的光线若桥梁，在外界与你

思索的半径之间，递来了共通的台阶

眺望

杏树开始落叶，那是在杏子黄熟

即将全部凋谢以后的日子

夏秋的边界

堆积于山脊线的云团，墨绿的山峦

几乎看不清树林，它们整体托举着

山谷，遮蔽了悬崖，俯冲的鸟

在下降的风速里，察觉到危险

又迅疾弹向柔软的树杪。我们必须

学习白云的乌有念头，心情郁悒

掏出乌黑的情绪，展露凝重

日子总在花开的清晨，在果子坠落的

午后，在月影婆娑的暗幽间，滑过

白昼眷恋的湖水，催促着古老的波纹

枫树叶红了，落在青草丛，热血

穿过季节的法则，假山由真石垒积

松树专注于造针，松果造塔，塔造

缄口不言的松子。远山遗忘抽象的镜子

它们在涧流中，拼命追逐奔波的光亮

没有人计较落叶的去处，眺望远方

是凝视已久的耐心，雨燕匆匆

群山环抱，我们沉潜于天地的造化

回望

常常选择在秋日，落叶季节

翻山越岭，跋山涉水

干粮越背越轻，步履越来越重

去年走过的捷径，已难辨

好在有指南针和定位仪，不至于迷路

荆棘、缠枝、苔藓遍布，沿水流逆行

如穿行在枝蔓织成的树网

好在伙伴们都是穿林能手

终于找到界桩，登记树木数量，测量

胸径和高度，察看新添树种

查究树木枯死原因，直立则是病害

倾倒多为暴风、暴雨、根须缺水土所致

而动物粪便最难寻觅，多已回归腐殖质层

树木是大自然的真正见证者

见识风云雨雪，关乎光热、空气，土壤、水、植被

新陈代谢，竞争激烈，争分夺秒

都在沉默中完成

第一棵红桦出现在陇山，是哪一年

焚烧陇山巨木数月，以阻匈奴

沿清水河，船运至北宋汴京的云杉

胸径是多少，树龄多少年

史籍没有翔实的记载，历史云烟散

而今日的样本，会进入电脑数据库

比对分析，生态向好的证言

我们返回，会走另外一条路线

会留意野花、惊起的小动物，聆听鸟鸣

疲惫时回望，溜道闭合于绿色的海洋

一片桦树皮，背在行囊里

夹在我的书页间，作为山野的留念

落日下的河谷

山是黑的，雪是白的

河水在冰岸间行走，我陪它走了一程

山之阳，蓑蒿齐腰，择一条小道

我离开峡谷

河水的轰响声混沌而静谧

我站在山岭喊一个人的名字

河谷回荡，惊起野雉三两飞

其实我并没有喊出声来

我的胸腔淤积着那么多喊声，岁月

早已筑高了大坝，将它拦在水下

质疑

我们一再被质疑的生活

搁浅于雨的码头

排队等候的门诊大厅

泥泞不堪的陋巷，警觉的流浪犬

春柳和桃红，在疯狂抒情

喜鹊像纵论现实经验的评说家

我们被写入履历的生活

囊括了泪与笑的盐

涂炭的生灵，战火燃烧在异国他乡

漫长的雪的边境线，孪生的苦难

这么多年一直不肯流远的河

离乡游子的信件，锈蚀在蒙尘的邮箱

石头的秘密

在我的家乡

石头也会落地生根，赖着不走

布满河滩

直到有人把它们领回家

和家人、牲畜住在一起

有一年，山洪过后

在洪涛中捞石头的人，还抓住了

上游漂下来的孩子

他磕得鼻青脸肿

但吐了好多水以后，又回到了上游

而一个顺流而下的溺水者

再也没有回来

像一块失踪的石头脱离了河岸

为了获悉大水的秘密，他

怀抱石头，没有来得及捎回口信

多年以来，人们对石头的秘密

知之甚少，而石头

几乎洞悉了人全部的行迹

在大道、小径、荒野、墓地

在众多的山谷

一块块巨大的石头，因无人认领

而负气开裂，四处自寻出路

回音

我唯一留给你的，便是这片晚霞

杨树林，即将终结的白昼

如果你还行走在大道上

如果你沉浸于云朵的缄默

一排路灯会送你回家

我乘着晚风，溪流，模糊的往事

明亮的星辰，不舍昼夜

给自己打造一个无栅栏的剧场

宏大的排练，已持续许多年

伴随着我年轮的独白

像海棠果一样繁茂

即使再过许多年，遇见晚霞

你一定要驻足，凝视，聆听剧场

深情的回声

暮色

天色暗下来了。离天空
完全走下山谷，还有一段空程
我站在河谷，其实只是想
站一会儿，看一看
分裂，蜿蜒，悬崖，树木
它们在晚风中，像在等什么

那颗星星，我只能用微小
形容它的寂寥
一座山冈，我只能用暮色
将它忘掉
什么在流逝，什么便是我
留下来的理由

庚子年冬月十九日六盘道中

山坳间一座庭院，屋脊散逸炊烟

灰瓦错落薄雪，黄土夯实的院墙

三面毗邻长着灌木丛的小山

高速公路削坡后，独留下的农家

想象自己就住在其中，白发苍苍

令世事遗忘，令熟稔的人永不忆起

春山

夜不静，春山早已被掏空

月出鸟不惊，彻夜轰响炸石的爆破声，早已将鸟儿

震聋

河水流过，河水有浑浊的心，已濯洗不清记忆

这是十多年前，一座山的命运

如今，满目疮痍，正在细雨中复活

也许，需要几百年、上千年，岩石会新长出一寸

再过五十年、一百年，风化石才会吐露土壤的颗粒

一株草，汲取雨露阳光，已直立为春山的居民

有所思

"我们还有多少时间？"

一本书里的故事，在延续

这忧心的追问，在分裂的

晨昏，像一枚青果陨落

音乐，总在若有所思

小雨又湿了石桌，像是

音乐打动了雨水

续上的茶水，一无所知的

湿痕，在淡黄纸页间洇散

你写下开封、银川、厦门

窗前的光线，提醒你拧开

白色台灯，它有细粉末般的忧郁

四叶草在水瓶里泛黄

你将它埋在湿土里，有十二根

你又剪回一枝月季，插入水瓶

琴声，不会加入这一切

你已将中午跨过的河水，丢在傍晚

桥下收紧的河水，黑亮，慌乱

纸

纸页一经成为文字，便试图与树木
撇清关系
而种子是永恒的语言
幼芽，小苗，沐雨露，汲取阳光，数着年轮
风吹来枝繁叶茂的光阴

纸的身后，站着的面孔
在微不足道的史籍里，像某个失踪已久的人
谁替它找回那苍莽的
森林，在笔墨涂抹的光阴里
雷鸣交织着闪电，慌乱的纸页
是心跳加速的年代

削短，手指捏不住的铅笔
薄薄的，粗糙的田字格，习字簿
会上溯到——
麻纸裹着的蔗糖、点心，纸绳捆扎的药包
油灯下，玻璃灯罩放大的人影
生活总不向我们交代，它辗转曲折的路径
如果纸页上后来的文字，是光亮的

另一种生活。我们

该向一页漂白的纸，躬身致敬

安慰

深夜，和欢聚的友朋分手
途经中街拐弯处
一个中午男人双手抱头
蹲在马路沿，边说边哭
断断续续说着——
我不甘心，不甘心
我悄悄，从他身边经过
心里想，他该多惬意呀
已经用哭诉获得了安慰

霞光

右腕受伤后，云南白药气雾剂

只显示两味药：草乌，雪上一枝蒿

其余保密。日用药三次，顿觉

老虎，麝，奔波于右臂之上

烈味，不知名的草叶，茎，根

自死而生，摇曳于斗室，在书案

飘香。壮我筋骨，沁我肌脉

那爬行、蛰伏于霜迹野径的虫类

我为它们剖开了一泓晚霞的湖光

我为自己斩斫了一道孤悬的绝壁

汲取

你体会的一切都在对立的世界

共存着——

衰老与年轻，男人和女人，生与死

二元的禁锢与多元的交融

支配着你的一生

此刻，不远处草地上

一对年轻的父母，他们四五岁的女儿

在追蝴蝶，在仰首看风吹斜的树梢，在草丛观察

一只蹦跶的蚱蜢

这个凉风习习的下午，年幼的孩子

成为中心

环绕着她的一切暂时归她所有

她控制着欢乐和希望

他们离开草地以后

树木的阴影在扩大，而光明在高处

汲取了你未曾察觉的力量

你似乎忘记了自己是一个刚从墓园

回来不久的人

大象

与漫漫长夜匹配的一定是大象

因为只有大象腿一样的立柱

才会支撑住广大无边的黑暗

深夜将至，无数的大象走出森林

从四面八方奔向

地平线，渐渐向村庄靠近

那些立柱般的腿

支撑着又困又乏的村庄，屋舍

和劳作了一天的人们

夜里，大象吃一种黑面包，在

空气中传递。如果夜归的人

迎面遇见，请绕行

或低头，侧一下身子

大象的黑面包，经过

彻夜亮灯的高速路口时

请不要设卡，请发给绿色通行证

后来，一个彻夜难眠的人

还发现了骆驼，恐龙，和大于

恐龙数倍的蜥蜴

支撑漫长夜晚的队伍持续壮大

它们的脚步友善、柔软，伴你入梦

尽余欢

下了一夜的雨，黎明时，愈发迅疾

四周是轰响的浑音，世界

滑入它混沌的原初，被广大无边的雨

占领，万物滴淌着沁凉

披衣下楼，蹑手蹑脚，拧亮

小台灯，坐听窗前更加响亮的雨声

往常，这个时刻，鸟儿叫得最欢

而雨水，似乎堵住了它们尖细的嗓子

多少未曾说出的，又一直被蒙蔽

这么多年，你都未曾离开

似乎一次次返回，在心灵的视域

又试图唤住自己跌跌撞撞、涡旋的流年

而那失手打碎的，一意孤行的

埋伏于暗夜的，未曾具名的

像这连绵的秋雨，横陈于歧路，使你的

每一步抉择，都在试错

喑哑失声，一任冷雨清寂，余欢止息

归途

春天的冷，是怀揣希望的

随身携带一本杜甫，一本庄子

你似乎可以坦然面对

任何一座陌生的小镇，冷清的落雨的码头

和无名车站的黄昏

而深夜，或黎明，是否出于绝望

你排空了内心的声音

一双审慎的眼睛，不断变换的山水

没有重获的理由

你离开这个偏远的小地方，煮玉米的

香甜味道，熟悉若梦

时间堆积成异样的地貌，剖竹，洗沙

属于天道，多少拂衣情

不能成全你

种粳五十亩，又五十亩种秫

教孩童识字，不失为晚年的归属

群山研究

薄暮配合着远岫

我分别以平视、俯视、仰视三种方式

研究群山

在这重峦叠嶂的幽深夏日

我欲腾空飞升的愿望

那么强烈，在山风猎猎的豁口

天空下，万物在聚拢

又像在分离

那分崩离析的过往，是云朵的

碎片，还是树叶的经脉

我不知道，引力与坠落

抬升与沉陷，是地理的

还是心理的

挥动双臂，缓慢收回自己

像落日收回光芒，飞鸟合拢翅翼

一个人，再一次打开自己的心

在群山里，化为乌有的夜色

猫

藏起利刺，便有敦厚的肉爪，这像是

一种禀性

当它行走、攀爬和跳跃时，它只信任

爪下的利刃——

抓牢这个表面平稳的世界

家具，沙发，楼梯扶手，棉织品，都会留下

停顿的划痕

甚至会伤及你的皮肤，当它恼怒

世界只存在对抗，它和主人的关系

变得紧张，而怪诞

也许，它只是自己的主人，确立在食物

和寄身之处的关系

没有契约。但它不会随意出走

当我们离开房间，将空静留下

它会盯住任何响动之物

据说，旧屋子，浑厚的墙壁内部

有一座土钟，在走动

猫是世间唯一的知情者，超越了人与物的

古老界线——

坐于壁内，两个沉默者的叹息

在分与秒的间隙里，低沉，却不发出困扰

已久的浊音

贴在墙上的旧报纸，有一道道

经年的爪痕——

像是土钟的位置，已经确立。旧消息

已无人再提及，光阴斗转星移

猫牵扯出陈年旧事，只会使自己一天天消瘦

不可示人的痛苦，是未知的伤痕

门锁转动，猫回到日常的生活里

脚步声，洗菜的水声，切菜声，烟火

是庸常的

将猫与旧事隔开

女儿去外地求学，我们送走了那只猫

它一去无消息。多年后

在另一个小镇街头的拐弯处，它回头

看过我一眼

长大的女儿，还是喜欢猫，它的名字

我还记得

重温

湖水看上去没有变化

如果雨水不倾注它全部的热情

树的高音区一定在树的顶端

鸟巢里新添了幼小的啼啭

每天都有嘹亮的歌声飘过曲桥

喜鹊在重温我们的世界

残荷演绎着新的符号学

废弃后的铁轨不再负重前行

柳枝看上去轻松自恰，湖水洗皱

风的画布，那一排排杨树的倒影

与湖水的关系简单又驳杂

需要一树繁花将低头经过的人一一唤醒

回过头来，迎向它的香味，恍然失神

忘记心中的枯萎与繁华，就像音乐里

沉默仍然是音乐，在轻重音之间

学苑路书吧：怀旧

相对于装帧好的书，素净的白纸

黑字，木质地板，木楼梯，

光滑的扶手，桌，椅，书架

都秉持着木头的质地

它们和纸张的恒久关系，一脉相承

坚固，耐用，给记忆也嵌入了

不可或缺的楔子

而窗口的光影、车灯，像守旧的人

忽视了角落的一尊木雕

捧书而读的书童，背倚古藤、修竹

沉浸在没有形体的时间里

书，印上年代，是载记

更多的，像敞开天下粮仓

饥馑时救民于水火，富足时路不拾遗

天下的坦途，在书卷里延伸

春风引

桥的倒影，模仿了桥的心事

远远望去，洞穿而过的是意欲脱离

重量的楼群，细波微澜

春天起伏不定。你出现在桥上

是多年以后的事了

小狗也在东张西望，水面上的小彩旗

漂移着固定的线，风无脚印

柳条摆动，在一根一根将春天唤回

我唤回你，需要多少棵

春树，多少波段，连绵不绝的春水

细察

我为什么不能主动走上前去

和陌生人说说话呢

那个提着青菜的老者，那个咬着苹果的

小女孩，凉皮摊上那位热情的大姐

街角乞讨的盲者

还有书店里抱怨经营艰难的店员……

我为什么不多听他们说一说呢

还有那道被雨水冲垮的滑坡，我为什么

不能多端详一会儿呢

看阳光晒卷泥巴，它慢慢凝固

不再坍塌

黄叶飘落下来的声音

驻足聆听，或许希望我会

分辨出它们的异彩纷呈

区分开不同的音质和坠落的尖叫来

我知道，这一切都需要耐心和时间

可一切都那么仓促、粗糙

不容我用心体察

谁能再给我一些时间，太阳当空照

黄昏守住狭隘的天边

晚来风

日日面向青山行走，肩落余晖

返回，怀揣觅到一首诗那样的欣喜

即使写错了，写坏了

它也以葱茏、层叠和起伏

将我的梦压住，怕抵达胸口的东西

又被晚风带走

我的几十年就是这样走过的

看山一年年长高，雨水变多

而生命繁盛，眺望时惊心

日月环绕于头顶，一刻未曾停息跋涉

我辜负的岂能道尽苦楚

我已与万千事物告别，已与

一颗星道别，许多来不及的眷念

在晚风里。想起父亲的名字

给了我第三条道路

而我至今没有在词语里，找到归宿

一往情深

都说她疯了，她真的疯了

话语、情态、行为，异于没疯之前

以前多么安静，温顺，端庄

她重新开辟了自己的河道，走走停停

据说，她曾爱过一个男子

痛苦和不幸，在她幽深的眼里

已不为人知

她的亲人说，当她哭泣时

似乎有那么一丝丝清醒

改道后的河床，睁着空洞的眼睛

她的亲人，已谅解了她的疯

而她自己，从未宽恕自己的一往情深

咏叹调

当德加的日记被公开

我反对整理者删减他

各色颜料的记录

为什么靛蓝是七十二克

红和白，兑换的密码

还有合计数，重量，在一幅画

构图前均已确定？还是

数学与绘画都是称量世界的方式

谁来说清楚，日常生活，角落里

堆积的木框，固定的钉子

废弃的碟子边沿斑驳的釉面

窗外的笑声——

往往会打断我们的思绪

观赏一幅画，凝视

不发一言，让画的空白处

溢出别样的色彩

会损失多少记忆里的山河

就像此刻，疾驰的长途大巴

对持续退后的秃山、田野、瓦舍

因飘忽不定的念头

描摹状貌，而错失杨树

我对谁说出这一路上，随处可见的

想法

谁在此刻又牵挂我的出行——

古往今来的画面，都消失在岁月里

挂在我心里的画

有一些旧，画的右下角的签名

是奇奇妙妙的撇捺

像一只小鹿举着它新生的犄角

迈开了懵懂无知的步伐

静物画

我常常在想，这幅《静物》油画

一定是塞尚五十六岁时画的

因为，那些红绿黄橙的

水果，不再蠢蠢欲动

它们中间，有挨在一起的

有单个发呆的，但每个

都散发出众的光泽，馥郁

整个画布间

流淌着我熟悉的情绪

苦尽甘来，深谙孤独的眷顾

咖啡杯，茶壶，墙上的壁布

氤氲着沉稳的气息

缭乱的色泽，多么好啊

那是岁月沉淀才肯释放的光芒

凝视，保鲜着流逝的时光

降温

十一月的树，像干涩的词语

屋顶上，冻云初露灰色的心情

白墙，黄房子

红色安全帽，荧光马甲，手持

黄色漆刷的粉刷匠

他的身后是大面积降温的北方

如果凡·高路过这里

他会支稳画架，专注，忘了午饭

一直画到天色昏暗

白昼的所有色彩，已移至画框

他说，这幅画送给你，作为礼物

然后消失在寒星闪烁的夜空下

接着去他常去的那家咖啡馆

那里也有一些辛劳失意的人

春天的礼物

雪中的群峰在秘密交谈

你不想忧郁的竹林，与似曾相识的

春山，共坐一间教室

你多么适合当一名生态观察员

栎树的侧枝又伸入了椴木的腹地

依山势向上，它们争光争水

岩隙的冰，山脉滴答的时钟

而你偏偏是执拗的历史教员

絮叨往昔，与遗忘为敌

马骨，驼峰，刀戟，典籍，残简

在月光下铮铮作响

你在提前预订的日子里

等待春雷，等待一列钻入

陇山的火车，携带着泥泞山冈的消息

将迷失的河流交到你手里

启迪

在我和星星之间

只隔着一根细枝条

一定有外部的力量

控制着夜色的浓淡

那一点白

还没有点燃

像庸常日子的奇迹

自事物最小单位的起点

启迪我

从满是落叶的树林里走出来

而你在哪里

这么多年，我似乎都游荡

在那空下来的白里

不肯变灰，不肯变黑

夜归

走在街心，红灯和绿灯
守时明灭
突然发现，街灯全熄
四周的建筑物时有时无
恍若刚刚从电影里走出

烧烤店里，邻桌的酒正酣
一帮年轻的打工者，明日
将各奔东西
另一桌，是迟迟未开学的
大学生，他们聊到了
北京，广州，南京，武汉
说着来年的春天

我拎着烤饼，回头望了望
那家小店，闪烁的霓虹
仿佛身处之地，是影片剪辑
弃之不用的片段
像个下苦力的替身，挣到
换来的零钱
急匆匆，回家，忘了夜已深

花事

烟云描山水。众树多曲，蕨类饰石

在凉殿峡，面南的峰峦之间

一张山形塑造的太师椅

被密布的高大树木拥戴

观者，远眺，多少人想端坐其上

一代天骄，湮没于葱茏万木

插旗石，系马桩，遍野的蒲公英

才经得起时光的杀伐

游客们拍照，留影，骑马的少年说

溪边的野荷，渗出一股腥味

播撒异香的，是崖畔的野芍药

明月

天上只此一轮
人世只此一日

下个月，你已悔过自新
下一年，我将归何处

明月啊，明月，是谁将你从时间的火里救出

让我凝视这通透与彻寒，梯子将在秋雨中腐烂

人间事

春夜，路过一棵开花的树
街灯映衬，白花繁盛
我在树下站了许久

明月与它如此接近
看样子，明月不会将人间事
传递出去

凉风起

那一扇扇开启的门，四散在
周围的窗
次第亮起的灯光
是否就是今生，所谓幸福的佐证

而眼前，静卧如牛的巨石，不时
落下叶子的树木
飞檐上茫茫夜空，臂弯般的连廊，问候
惊愕兀立的木塔
一如在浓重的暮色中，迟疑的我

反复诘问，又不知答疑的对错
今生莽撞的源头在哪里

是早年求学的磨砺，中年的风暴
一路裹挟的泥沙

淤积于胸口，至今难以吐纳
终究意难平啊，而凉风袭来
照拂我的枝条，在暮色中，滋生了

新的叶子。那弯曲星空，无数次

回应，此生我的未竟之志、未竟之作

雨夜的协奏曲

一个久居大陆的诗人

当他试图将笔尖伸向大海

异样的干渴几乎跳出胸膛

而他见过的莽莽森林

最终是一卷书

当书生的手写下笔墨

无人细察斫伐的苦役

时光多么温柔

五十年后，你看我的眼睛里

还泊着一泓淡水

水手

当他老了，已是清瘦的影子

你在每个时辰想起他，顺便忆及

一段幽暗的路

即使有整夜亮着的街灯

即使风雪已开始埋葬临近窗户的大海

丁酉新年致爱人

在寒冷的正午，你提着一桶水

去洗车，手脸冻得通红

我想起，昨天天快黑了，你在

花园的墙角烧树叶，火光

映出你弯腰的身影

进门后鼻尖上抹的灰

我想起，秋天，水管渗漏

你钻入下水道

爬出来时，头发和身上的污泥

我想起，你骑在高梯子上，换灯管

攀在窗上擦玻璃，擦地板……

我腰疾后，你更是事事劳心，又劳力

这些年，你带大两个女儿，大女儿

读完大学，已经工作，你又操心

她的婚事，小女儿大学在读

这些年，你积劳成疾，心肌缺血

胃疼，偶尔眩晕，新添白发……
我总鼓动你重拾画笔，你却失去了勇气

这些年，你是这个家的主心骨，也像仆人
常常，晚饭后电视响着，你就打起盹来，就像
里尔克说过的，"爱，很好；因为爱是艰难的"

当我从书里抬起头，看见你享有短暂的宁静
这些年呀，我写下百首诗歌，而写给你的
总也写不好，写不完，写下来却那么难

落雪

有人坐在落雪的湖畔抱鱼而涕

竹柳披头散发，槭树漆红挂红，银杏

卸下全身的小喇叭

回廊的瓦上雪，踩着 C 大调的台阶

高速经过山脚会南下川蜀

马雁坐过的茶肆名字一定古怪精灵

谁陪你说灯火明灭的夜话

谁的天涯里，戈壁，泥泞，云暗青海

举起祁连山的落日，当火把

马踏山，羊踏枯草，星星做的天线

收到扑朔迷离的讯号

雪泥的马路如此轻浮，电线归麻雀私有

半坡的一簇甘青铁线莲，在众多的

灰白绒毛球间，拒绝变种

突如其来的雪，让颗粒失去仓廪

我目光短浅

在方圆十几里的青山下，度过半生

这样多好啊，亲人和万物，我都无比珍惜

致敬之诗

"地不容微尘"，这是晚年王维的日常
辋川宅宇既广，下雪了，王维只允
扫饰者扫出四通八达的小径，容雪留下来
夜雪在天明时歇缓下来

我扫净台阶和阶前一条出行的小径
我是那僮仆，专掌缚帚，远观他一个人看雪
一个人走在两旁拥雪的小径
走在池边，竹下，帝国的角落

我想向他致敬，像吉尔伯特那样
"一个谜，面对彼此，面对自己。"

今日是织女生日，我扫净雪，出巷去
买豆腐、萝卜
竹子盛雪，绿白相间，适合安放狂野的风
檐瓦尖的水滴，那么整齐

一生的功课

父亲老了，我却急于

从父亲那里听到许多鲜为人知的故事

因为那些故事里有父亲

有些没有，但那是父亲那个年代

才会有的故事

以后，还会有吗，我不知道

我已经从父亲那里汲取骨血，毛发

五官，智慧，胆小，厚道

我还在索要什么

我还要父亲多陪陪我，我想

母亲也是这样想的

尽管，我已到了快退休的年纪

但我还是需要父亲多陪陪我

我要从父亲那里

学习怎样老去，怎样和病魔相处

生老病去这四门功课，在父亲和我

之间，永不完成

颜色

许多时候，世界只是由颜色

构成它的身体

天空没有固定的颜色，因为太阳和月亮的颜色

至今没有全部示人

大海是一种颜色

夏天，是颜色的综合体，甚至占据了

天空和大海的所有想象

而我多么想拥有一种简单的颜色

你一定会说，冬天的颜色

黑和白，不是两种颜色，而是

两种不同的情绪

两个相爱的人，彼此融合

生出一种全新的颜色

这种颜色，几乎是一个全新的世界

没有涂改，永不褪色

看见

水库的下游，野径山木合

在她曾经长大的地方

我俩下到谷底，去看河流

她指向一面斜坡，挑水的小路

已被草木遮蔽

"有人——来了，有人——来了！"

一只鸟模仿着孩童故意压低的声音

在槐树、油松、云杉和珍珠梅、暴马丁香

开花的密林间

是小时候熟悉她的鸟吗

她驻足，聆听，有被认出的惊喜

曾经喧闹的河水已遁地，而留在

细草间黑亮的一汪清流

几无涟漪，如此沉静

似乎等待已久，邀我们俯身

看见水面的自己，看见我们此生

所有的汇集，融合，跌宕，痴迷不悔

简爱

那时，祝福我们的人
寥寥无几

三十多年执手
相爱不易，相守柴米

时光一路追杀
走到今天真是奇迹

做一个诗人的妻子
你的瘦丈夫

最后，压缩成一本薄薄的诗集

春风行（组诗）

谈及春天

她们在小饭店的门前谈及春天
蓝调的玻璃，和雨后
零落的花瓣，不像是主题

早餐店，拥挤的人群，大多是
挖树、运树的人
这个季节，家乡的松树，会栽植
到邻近的甘肃、青海、内蒙古
谁也不会想，自己与这些树木的关系
等它们长高，遥远的西伯利亚的寒风
会被拦挡在祁连山

她们说到挖树的丈夫、孩子
说到树木、风沙、春寒
轻描淡写的云，在抬眼望的西山

"电话里，他耳畔的风，呼呼响
不知道风沙有多大，他背树的

山陡不陡，远不远？"

春风行

走访的这几户人家，孩童们
眸子黑亮。他们
与最近的星星，交换过糖果的秘密

小女孩，名字里的花儿
已开在枝头、田埂，鹊儿和蜜蜂
环绕在身边。大黑牛，上个月
刚产下牛犊，男孩子给它起名：小白
它额头的一绺白，是带到人间的胎记

孩子们对着荧幕听课，老师
在手机里，没有教鞭
做完功课的小杏
给屋檐下的小盆添水
小鸡吃虫子饱了，易渴，会跑去
寻小溪，过马路太危险

骄阳如火，苜蓿草叶儿蔫
种玉米的人，躬身铺着农膜，留住

夜里的湿气。梁地多风

隔着两道塄坎的人，说出的话

常常被风吹远

长剧

为了抓取一个意象，我将季节的镜头

推移到梨花开放的四月

废墟南边，四五米见方的菜畦

西红柿两行，辣椒三行，卷心菜两行

玉米两行。突然剩下一行

另一行压在断墙倾颓的土块下

白色的农膜撕裂

两位白发苍苍的老人，守着拆倒的废墟

给我指东指西，复原老屋的模样

老梨树留下了，童年湿滑的巷子还在

豁口可通往水泉，那一处老院子

不是一部百年长剧的分量

冬麦田

勾皴烘染，是晨光的本领

鸟鸣唧啾，似乎忙于缠绕

赶制一件织物

越冬的麦田，似乎重新赢取了时间

山坳间，一棵酸梨树

佝偻着腰身，感激它

从冬雾中，拽出一轮红日

雀群，在场院起落

鸽群，炊烟，盘旋于屋顶

雾霭弥漫四野，村寨在微微旋转

月光

月亮地里，有父子二人

往田地里拉运农家肥，一堆，两堆

最后排成整齐的三行，或四行

父亲说给我们听时，我们都不相信

时间是包产到户的第二年开春

阴坡的积雪尚未完全融化

农民睡不着觉，连照到自家地里

成片成片的月光，也不想白白浪费

山乡行

树枝依旧光秃秃，而雨水

如约而至，带给人们雪已离去的消息

雨丝细密的针脚

缝补着大地

雨水还带来猫的湿爪印，小狗

鼻头湿热的水珠

竹子开始分心，走神，不小心

走过了经年的丛林

河溪漫不经心，灰青如蛇

看久了小漩涡也会令人惊心动魄

一队小学生走过山梁

像唱一首沉默的歌

每个人都哼唱着自己喜欢的词

女孩子有湿漉漉的睫毛

男孩有泥裤脚，和顶紧鞋头的脚趾

雷声隐隐，山梁上

露出了一汪浅水的蓝色晴空

山上人家

千禧年秋天，霖雨连下了

半个月，我和同事来到

住在半山腰的一户人家

天已黑了

喊了好一阵，屋里才亮了灯

推门进去，只看老两口

蜷缩在炕上，惊悚地望着

雨夜的闯入者

我们举着手电筒，走遍了村里

偏僻的人家

第二天，天亮时

有一户人家的屋角还是塌了

二十多年过去了

那些老人，在雨夜的灯下

呆滞的表情

像一幅幅仓促的黑白画

浸湿在漫长的雨季

似乎来自一个模糊的世纪

合唱

我知道春天之慢，苦于无雨

每一种植物，都知道，反复纠结的爱

总有人在世间书写

鸟鸣，这来自民间的合唱队

不是一开始，就那么合拍。光线

织缀的早晨，树枝分心

一幅画，在完成中，翅翼的轻

难以把握。我知道

雷电的脚步，已在云朵的头顶，响起

山中劳作的人，褒奖过浅薄的树荫

坐下来，歇一歇，云团已翻过了

一道灰青的山脉

老龙潭记（组诗）

龙女石

跨过龙吟台，涧水卷层浪

拥有凌云心的华北落叶松，簇拥着

一块巨石。遥看还是少女模样

延颈秀项，云髻峨峨

削肩泻下千般幽怨

薄岩如飘逸的裙袂，峡谷之风掀起了一角

在泾河畔牧羊的龙女

镶嵌于峡谷，演绎唐传奇里的爱情

赶考的柳毅，迟迟没有音信

当我攀缘而上，近观它沧桑的容颜

"亘古不变的爱情，打磨巨石的契约

一颗坚硬的心

要阅读多少遍荣枯的山水"

唯有石头顺从于遗忘

唯有流水的步履，微凉，在薄暮里加速

雾中山林

没有移不走的山林，清晨

一场大雾，忙于转移这人间序幕

我看见，突围的鸟群，带出的队列

有天赐的从容

在夜晚走失的事物，借助雾的隐喻

正悄然回到原位

渐远的溪流，和岩石上精巧的露珠

多么让人战栗的流逝

整座山林，被天空、微风和光线

慢慢认出

阳光的金色犁铧，掀开了，一面山坡

大雾，降落一部分，秋天

向前移一寸

时光潭

水，嘀嗒的时钟，咽啾之音

全部来自潮湿枝条、叶片上晶莹珠玉

缭绕岩壁间，水雾发育为幻觉

湍流让峡谷一再怀念

给坚贞的岩上之松，众多喜爱岁寒的植物

赋曲

逼仄常常容身于险峻，深潭

有不测之心，吞掉星辰，向风

无休止致意

时至今日，不探险，无力抵达

令我们的想象，不断涌出神话

琵琶潭

为什么，会有鹰在上空盘旋

为什么，野花忘了时令，开放在夏天

为什么，唐朝的白龙马，游入深幽，失踪于天宇

旅人啊，请你小心经过，爱上它舒缓的波涛

倒影里的山花，正烂漫

青山，指鹿为马，驮上落日这位老情郎

遥看暮色缱绻，修剪山谷

龙女峰

"你只是固定了她的性别、形体，年轮

早已嵌入石质的纹理。"

多少代际的渊薮，近岫，远方的雪峰

已置于炙烤的松木柴薪

陡峭，永远存在。不可能因为等待

造山运动，万丈深渊

填充于模糊不清的记载。离它太久了

岩基在托举，红砂壤土

适合制造裂缝，雨渍，侵蚀的风

并借用蝼蚁的思维，运输

一个枯朽的传奇，前往沙的瀚海

长久以来，纷至沓来的跋涉

已想象过你有毒的美，脱离了塑造

人们给你安装上石头的不朽

绘画，雕塑，琴乐

西部的心脏——最质朴的农耕图

掌控着史册的边角

如果到了驻足的地方，星体冰凉

一滴凝聚的泪

浇筑为山峰的譬喻，你仰首注目的

瞬间，翻覆的白云

不知所终。朗朗乾坤，飞扬的神杖

自磅礴的西部，栽下了彩虹

十里峡

一涧清溪，自西来

山重水复之处，山势平衡了它的两岸

曲高和寡的悬瀑，欲自立于世

迂回的浪涛，脱缰的小兽

这激越的旅行，搅拌雷声，掀起移山之势

有一座木桥通往未来，有人先行

探寻豁达的开阔地

植物有恻隐之心，汇入这离乱涧水

我多么不合时宜，将跻身

一条河利刃般的荡涤、涌流

河谷

这是一节声乐课，山水美学的高音区

音域宽广，它接连起伏的飙升之处

激情澎湃

从夜晚归来的灌木丛，涉水倾诉

许多年，流水的本性

关乎自身不断冲动的命运

这里远离寂静，覆盖，缓慢的简约

"不要用我们，代替一部分人的思想"

岩层记载的水文变化，早已厘清

山水的线索

给一首练习曲，不要制造太多的漩涡

给两岸的悬崖，装上弦外之音

允许飞鸟栖身于岸，沿着暮晚

留下的小径

赶赴，一段心灵邀约

泉眼崖

来自山环水抱的馈赠，它拥有

高山之水，汇集地表溪流

漫长雨季的栖身之所

我曾在此，识得鸟兽虫鱼之迹

畅谈过理想，架起栈道，让绝美风景

展于世人。而今，它

遮蔽于山谷一侧，峰回路转后

山丹丹花，不会白开

前世的蝴蝶，今生的木芙蓉，是一眼

重重叠叠的泪涌之泉

什么时候才会平息，我泾水之滨

泅渡光阴的驰骋之心

日日夜夜，跌落的故国之殇

水电站

黑暗沉重，压在峡谷多少年

一条河，会蕴藏光芒，在夜幕的庇护下

独自奔涌，它要运走多沉的梦境

这具形态怪异的钢铁之躯

吞掉河谷里不可驯服的白蟒

旋转，再旋转，直至抽出锋利而发光的筋骨

如今，它卧在河谷一侧，风雨锈蚀

夜以继日，诵读废弃岁月

鲜为人知的山河册页

在未竟之旅，每个人心里都安装着一座

水电站，磨砺黑暗，寻找光芒

流水的映像

相对于唤醒，那陌生的沉醉

是初秋的一天，落日不同于往日，新添的浑圆

在山林会与多少枝条呼应，生成剪影

原谅了流水的映像。面对

一潭隐喻般深幽的涧水，复读岁月

层叠的页岩，如今

白云千载，幽谷激荡，群山

扑面而来。半生的荒芜

占据河山的残局

用什么慰藉，一个人心灵的晚年

我将再度迎送，果实巨大的秋天

光芒流经之地，临摹每一座山谷的阴影和

阳面。时间分割，堤岸疗伤

血管里横渡的那一方水域，星河如波

我终将放下语言的重负，每日汲取井水

一只鸟，隐去踪迹

龙吟台

谁在为自己损毁的时间善后

在奔波的身世里，水是惯性

而来自整条河流的力，控制有度

横于激流的巨石，并不多余

它要磨亮水在奔跑中的锋芒

跌宕起伏并不专属于音乐

在力的美学课堂，雕塑的棱角

有千万次匍匐的仰望

龙抬头，可吟可舞的河谷

永远雕琢着，未完成的羁旅

漩涡是折磨，水下的路永无尽头

据说，龙有一双翅膀

它要趁大海在远方打盹时

举着整条河流的灯盏，飞翔

在黑暗的河流上

总有告别的时刻，让我们退回

无名无姓的初衷

满满湖

当我步入中年，我所历经和钟情的

生活，我希望它一如眼前

这面镶嵌在群山中，恬静的湖

风过尽，恢复一颗本真的心，固守洁澈

日日夜夜，看守住内心的闸门

压住，那沉积在体内的火与水

心怀对大海的遥想，胸藏白云、星月

满而不溢。用沉默的潜流，纠错

挽留自己，倾心而决堤的命运

返程的途中，另一个我，像一块

在春天苏醒的石头，留在了四面环抱的岸边

胭脂峡记（组诗）

观冰瀑记

凝固的只是水，不是时间
峡谷里赶路的不止我一人，还有
低下身子的白龙，蜿蜒绵亘
谁说它不在悄然蠕动？总有心结
于此悬空。伸手拽着自己扑出胸膛的
柔肠，已来不及——

那就干脆倾身而出，奔向未知
时间施以援手后，水已成冰
重叠的琼浆持续向上攀登，漩涡
是埋没的梯子，隐匿的力量
织缀失去形体的喊声。整座峡谷
都在等待，破冰的风

石峰

沉默者，留了下来
而急于张口说话的

因言语不慎，跌落山崖

几乎没有完美的崖面

可供打磨，镌刻

登临者的印迹与野心

奇峰孤傲，而落难者

在水的磨砺下，已圆滑世故

有些，与另一面岩石争夺

更加显眼的地位

裂隙永远等待弥合

有些模仿峡谷里走动的虎豹

有些欲变为崖壁上飞旋的鹰隼

而当裂变一旦成型

诸峰屹立，表情凝固

世间仍存坚硬难破的谜底

桦树沟

白色的云块，已夜行

八百里地，它来自遥远的青海

翻越了，渐寒的祁连山

我看不清，它的面容里

堆积的疲惫与霜寒

此刻，白云悬挂于十一月的山峰

将巨大的阴影，卸在密林深处的桦树沟

满沟的石头，黑着脸

我几乎不敢出声，我担心

它们憋着的劲，被不瞅脸色的

风，掀翻

我顾不上，和涧水有过多的交往

我要在，故意漏下亮光的野径

快速穿过，我还有长长的路要赶

在这万木萧瑟的桦树沟

我多么想听到，刚拐过弯的

那位割竹人，喊我一声

龙头岭

石头垒起山峰之前，石头肩负的石头

不知道高峰在哪里等，有多累

不知道千壑万仞，会迷上时光设下的困局

已知的深渊前，堆积如山的林木

攀缘而上，抵达云霄

如果屹立在风吼的山巅，世间不止

开阔一词，为我们呈现岩石叠加的雄浑之音

俯瞰，比仰视多出了悬念

释放了植物更多的末梢

众峰，分崩离析，无依无靠的今天

我想知道它们瞬间

爆裂的云雾，向谁发出求救的喊声

"没有娓娓动听的痛感，错失于叙事"

流浪的山水之野，昔日种下的竹林

会生出信手拈来的春笋，延伸大地之梦

石头一直向大地深处延伸，它试图探知

生命最底部的触觉

而穿越千年的风，总为站立不稳的峰巅着急

所有的生命都令人难忘，群山令树木

每年绿一回，又回到原地

绿色会将巨大而繁盛的山体托举而起

万物摇曳，那是风在恢复群峦的记忆

飞瀑

飞瀑，衍生出水的眺望

一只蝴蝶翅膀，压低了风

水在说话，低处的水告诉我们

有些石头是自己爬上山崖的

树木和小草也是。有些石头跌落时

在梦中，不知道喊疼

几乎没有完整的石头，也没有完整的

历史留在记忆里。当草绿花红

石头用风辨别季节，石头开心

意味着心碎的裂隙要伴随终生

一块巨石，紧闭的内心会为

涓涓细流打开，也会为怒吼的激流

高扬起纵身一跃的花序

站在悬崖高处的石头，摸到晚霞

是幸福的。繁星在涧水的

风铃声中卸下白蘑菇

天亮以后，蘑菇生成白云

归天空所有，寂静管辖了峡谷

山中口占

山中枯松何日朽

山中清泉何日竭

山中，松子微苦，群峦微雨

山谷，有无边落木无以为报的衷情

什么样的岩石是铿锵的证词

什么样的深渊是苦难的譬喻

我们都没有落日奔赴的故乡

绽放

春深似山涧，它隐喻般的源头

总在荆棘过后的明亮处闪烁

白云的加工厂，忙碌于

热情的白昼

如何保证，人人都不被束缚其中

鸟鸣如救赎，负责唤醒黑暗的黎明

走向野地，是个好想法

你可以尽情说给空旷的风听

万物有形，皆有其苦，白云无行踪

旷野，从不解释什么是美，仿佛

美是白云的同类，对高蹈的事物

我们不迎送

大地深处，森林是一所学校，山南

葱郁

山北的冰雪，耐心等待冰凌花

在绽放时，发出讯号

鹰嘴崖

悬崖的前途，便是对悬而未决的事务

持久争议

甄别真理，往往会凭借外力

页岩负责记载，它们的文字层次分明

沉积岩，创造的耐心

会换回煤，兽骨，撞击庞大之物后

遗留的问题。推举至顶端的

命题，在时间里风化、瓦解整座峰峦

贮蓄的力

树木是异域的探子，制造间隙

借机扎根，扩展疆域。洞穴

孕育传说，鹰，对奇峰更感兴趣

秩序一旦裂开，咬紧牙关的

往事，开始有了娓娓道来的松动

山谷

远山太远了，却在我们的意念中
一再隆起，下坠，起伏不定

你记得的，有一场雨遗忘了
那道我们走过的山谷

彩虹也忘记了它俯身的河流
野山竹开花的那一年

我们的预感迟迟没有到来
时间偏爱过你，再见都已白首

矗立的大石，还在阻击着激流
两条河交汇处，两座山分开了来路

我又回到那处山坳，篱笆上的
喇叭花，开着你喜欢的淡紫色

高原的礼物（组诗）

石鼓镇

一

在石鼓面前，一个人的力气

只能悄悄藏起来

绕亭一周，那勒痕，是大石，与

大石的楔子，较劲的印迹

据说，捶响石鼓的人

才称得上勇士，他曾赤膊摔倒过

一头庞大的黑牦牛

当年，红军抢渡金沙江，他是

最勇敢的船工

二

那四天三夜的江面，被松脂的火把

映红。二十八位船工

驯服了湍急、清冽的江水

村寨里，屋舍下，油灯旁

缝制衣帽，纳鞋底，制作粑粑糕

七条木船，二十余条木筏

不舍昼夜，激流勇进

一万八千余名红军，横渡到东岸

三

当炊事员，扎竹筏，做向导

有青年还报名参了军

在解说词的折页里，我记住了

一句话：

"石鼓镇有八人参军，解放后

一人回到镇子里。"

太平的日子，是英雄的命

换来的！

四

大江流日夜，慷慨歌未央

恩情必报答

柳林护堤，江水饮田，油菜已结籽

江流宛转，像一个决心已定的人

江水在这里艰难地转弯

只为寻找最开阔的去处

五

一人高的鼓面上，有一条弥合

缝隙。民间传说

世事动乱时，鼓自裂开

我用手敲了敲，碣石无应答

当我侧耳细听，它传荡的

是三百米外大江的轰响

这是一条江柔软的臂弯，最悦耳的

心跳，从激昂到舒缓的莽汉柔情

如今，白云安详，群山岿然，石鼓

在横断山脉的褶皱里，展开了

一幅水乡江南的画卷

六

镇子里，有一家建明民族饭店

店门前，大铁锅翻炒

大块的牛肉，像我家乡宴席的做法

他来自大理，当我说出问候语

他执意送我新炒的青茶，路上解渴

我们尝到了新鲜的蕨菜，绿蚕豆

香椿炒鸡蛋，清炒的油菜

花茎叶，清爽可口

两亩地的菜名，豪放大气

我想起，江岸边，田地里

躬身劳作的人

盘中菜蔬，汲引江水

也许，多年以后，当街角有人

叫卖青毛豆、甜玉米

味蕾，会让人忆起金沙江边

这个菜香花美的集镇

七

盐巴换米，粗茶换草药

皮毛换布帛，过命的交情

在水与火里淘洗人心

白云换雪，古戏台响锣鼓

三国是握在手里的鞭梢上

那一声怒吼

彩画的鸟雀，衔枝架桥

江水唤风，旅人的遐思

飞渡香格里拉

八

块茎会结实，古桃花会孕果

冲江河汇流，总有事物会承接

老手艺，竹编，古乐，东巴木牌画

令古老熠熠生辉

在纳西原乡，四季更迭地劳作

挑水，濯洗，染布，榨油，烹饪

丰衣足食的日子，是艰辛的

江水绵长，人间多少事，在这里平心静气

东巴文

在东巴文中，"相爱"的人

会长出伸向对方的犄角

在最黑的夜里，也会互挽双臂

"一见钟情"的图案上，中间升起

熊熊的火焰，有山羊，月亮，星星

而女子的头饰低垂，腰肢弯弯

脚下的"古钱币"，是深情千金难买的喻义

就像它已预卜我们的今天

同样要穿过衣食住行的窄门

同样要面对生死，相爱育衍

还要捕鱼，打柴，迎送扑面而来的日子

而"听到好消息"，一个人的耳朵旁

会绽放出鲜花来

晚风

枝条有弹奏晚祷的欲望

瓦肆、飞檐妄想叠加为一座时钟

这一切需借助风，才得以完成

我肉身沉重，却一次次被镂空

而流逝之物，又丝丝缕缕

在暮光中涌来，充盈束河的柔波

束河鸟鸣

一个人的听觉，常常落在鸟鸣的后面

那拨弄金属豆粒，使其滚落枝叶间的

纤手会有多长，多灵敏

在树上、屋顶、电线、草丛

束河无垠的清晨

喉管幽深的地带，管壁有

声色极佳的回音装置，共鸣器精巧

言辞急切，似乎下沉到生活底片的

沉潜之物，在奋力收集，又被轻松提取

空气中，光线是金色的，纤毫间

都凝结着，与鸣声呼应的对称轴

记忆没有重复的路径，像没有重复的

梦境，你醒来的结尾

常常是不完美的。原谅遗忘

新枝条，新生的叶片，新开的花朵

鸟鸣告诉你，也许是崭新的事物

落在每一个清晨后面，你才得以看清

束河真正的面目：天空幽蓝

往事，只交出鸟鸣换取的银器

当记忆重构，当你远离

那个四月，海映郎廷，汉武院

像梦境里才肯出现的事

白沙古镇

一只花猫留在古镇，是故意的

当你忘了返回的路，那猫，出现

在墙角，紫堇花插在朽木

雕饰的木槽里

仔细端详，你踩过的青石板

已踱上，午后的光

沉潜在古老的事物中

请允许路过的人，在旧物与现代

之间迷离。一扇雕花的木窗

适合过滤延迟的生活，像主人

漫不经心的生意

我怀疑，玻璃柜子里的银器、饰品

墙上挂的皮具、木雕

都有被人认领前，微微的不安

取走一段流水，一截夕光，一阕鸟鸣

是近在咫尺的雪山，顺手送给

行旅者，沁凉的礼物

拉市海

天上的事，不归人间管

湖水望天，我们一起看云

大朵的云，生成阴影

拂拭搬运山岭间，嶙峋的雪峰

云朵不愿分开太久

我愿坐在湖边，凝望许久

云朵聚集，商略高原雨

岭草已青，岸芦犹白去年花